ロンリーアマテラス

甘里君香

思潮社

ロンリーアマテラス

甘里君香

思潮社

ロンリーアマテラス

甘里君香

目次

装幀＝思潮社装幀室

ロンリーアマテラス

内緒のベッド

おおきな温もりがベッドにすべり込んだ
頭を胸にあずけ震える腕をちぢめて丸くなる
それでも幼児ではないから受けとめる手は躊躇いながら
長い髪の毛ごとそっと背中を撫でつづける
やみ夜に寝息がとけた

群からはぐれた
獣の目をして
ソファの隅にうずくまり

チュウガクハキライ
と私を睨む
命が痛い
あなたの全身が訴えるのに
痛みなど気がつかない振りをして
ハハオヤAを演じた
命が痛いというその命は
私の命とシンクロするから
あなたの痛みは
私だけの痛みよりずっと痛くて
私が私ではなくなってしまう
その恐怖から逃れようと
ハハオヤAを貼りつけた

ハハオヤAなんか知らない

この世に運んでくれた人だ
私だけのおかあさんだ
胸に寄りそう温もりがゆっくりと呼吸の速度でささやく
あなたを抱く翅はカゲロウみたいな薄い翅なのに
カゲロウの翅がいいとあんしんし切って寝息をたてる
未熟な私を許していた私はまっすぐ頼るあなたに
太陽の欠片をプレゼントされ
カゲロウの翅にありったけの水分を送り
私だけの翅にした
夜明けまぎわの
内緒のベッド

認可外のコドモ

職安通りから何筋か下がり鉄の階段を上りきって錆びたドアを開ける
見たことのない目をした小さい人たちがわらわらと集まり
つかまり立ちの一歳から就学児まで力のない手が
ソックスを摑みジーンズの腿を抱きしめる

見たことのない目はこちらに向けられるが違うものを見ている
生まれたのに生まれたかどうか曖昧なまま
ワタシをワタシだと教えてくれる人は
なく胎児の目で漂っている

どうしていいかわからないどうしていいかわかってる
笑いかけてもらえたらお膝に抱いてもらえたら
残り半分の魂はワタシの中にワープして
ワタシが私になり私の目は世界を見る

誰かいませんか
二〇歳前後の保育士がたった一人で二〇人の小さい人に囲まれ
その目は完全にあの世のもので言葉はこぼれず
力尽き漂っている

誰かいませんか
人に生まれたのに人になる術を手にできず小さい人が
泣くことを忘れ笑うことを知らずに漂っている
ニンカガイの空間に手を差し伸べる人は

食べるのは嫌いなの

ほらもう
これしかないの
おかあさんは
おこったような顔で
お財布をひらく
白いお金
茶色いお金
きいろいお金
が底の方に

重なっている

いつものもやしと
いつもの豚こま
を買って
黙ったまま
おうちに帰る

おかあさんは
痩せっぽちで
猫背の私に
たくさん
食べなさいっていう

食べるのは

嫌いなの

おかあさんのお財布は
さいしょは緑色だったのに
だんだん色がなくなって
よれよれで
おかあさんみたい
なかのお金も
ぽとぽとこぼす
おかあさんの
涙みたい

痩せっぽちと猫背は
どんどんひどくなるから
おかあさんは

みっともないって
こわい顔をする

食べるのは
嫌いなの

おかあさんは
ほらもう
これしかないの
とお財布のなかの
白いお金と
茶色いお金と
きいろいお金を
見せる

食べるのは
嫌いなの

だけど
知ってる？
ほんとうは
おかあさんが
嫌いなの

知ってる？
ほんとうは

ガスの香りの家

学校から帰ると
パパが死んでいた
ガスの栓を開けて
シューシューって
家じゅう酸っぱい匂い
爆発しないか
怖かったけど
走って栓を閉めて
窓を開けた

布団のなかのパパは
目を瞑り
口をぎゅって閉じ
何も話さない
布団が上下していても
パパは死んだ
生きていても
死んでいても
パパは死んだ

一番に帰る私を
知っていてパパは
ガスの栓を開けた
私は吹きとばされ

粉々になって
肉は
天井と畳にこびりつき
いまさら
拾い集められない

学校から帰ると
パパが死んでいた
ガスの匂いの家で
布団をかぶり
目を瞑って
口を硬く閉じ
布団を上下させ
生きていても
死んでいても

パパは死んだ
私のなかに
少しだけ
残っていた
湿って
温かな
気持ちも
その日に
ぜんぶ
死んだ

ロンリーアマテラス

おかあさんがわるい
おかあさんがわるいから
おとうさんが行っちゃった
そう叫んで襖をぴしゃりと閉めた

子どもの目の前で
荷物を車に詰めこんでいく
パソコン
家具

スノーボード
本
バスタオル
洋服
子どもが気に入っている
マグカップ
この人はすでに知らない人

車がとおざかり
和室に駆けこんだあなたの慟哭は
悲しいことなんて慣れてる私が
あなたのぶんも背負えばいい
そんな絵空事を吹きとばし
私の体をばらばらにし
心を粉々にするが

ばらばらにはならない
粉々にはならない
どうすればいい？
人生に問いかける

母親から大切にされなかった母親は
子どももうまくいかないって
虐待は連鎖するんです
世の中は軽くいってくれるが
きらわれるのはかまわないけど
母親をきらう寂しさは
たましいを損なう寂しさだと
知っているから
私はあなたに好きになってもらう
どうしてほしい？

三歳の私に問いかける

正直に丁寧に話そう
これまで何があり
三人の暮らしを守るために
どうがんばって
なぜ無理だったのか
そしてあなたは
何一つわるくない
わるくないのに
おかあさんにつき合わせて
ごめんねといい
すべて話した

西日が廊下を照らすころ

しずかに襖が開いた
新しい目をした
あなたが立っている
肩を寄せ
オレンジの夕日を
眺める
グラデーションの空を
渡り
コトバが
届く
ワタシノブンシタチイキテ

家庭裁判所の住人

まあお辛いわねえ
血色のいい顔を歪めて
同情する調停員は
今日はハレの日
カラフルなブラウスに
カシミアのジャケット
衿に見たことがない
大きさの南洋パール

毛玉がついた
透けるセーターに
ナイロンのパーカー
膝が出たジーンズの私は
派手なブローチに
調停員の思いを垣間見て
ノートに目を落とす

眠れていますか？
仕事をなくした私を
労わる調停員は
今日はハレの日
糊がきいたグレイのシャツに
ヘリンボーンのスーツ
ブランドのネクタイに

ダイヤのピン

自分で切った
ぎざぎざのセミロングに
サラダオイルを揉みこみ
ゴムで括っている私は
ダイヤのピンに
調停員の暮らしを垣間見て
窓の外に目を移す

ソンナニタイヘンナラ
オコサンヲオトウサンニ
ワタスコトモカンガエテハドウデスカ

ハレの日に

三面鏡の前で
入念にメイクし
宝石箱から
ブローチを選び
クリーニングし立ての
ワイシャツと
スーツに袖を通して
白髪に櫛を入れ
フコーな人に
会いに行く
救いの手が必要なのは
鈍感なアナタ
鈍感を決めこむ
セカイ

家庭裁判所の住人　２

難しい国家試験に合格した
家庭裁判所調査官は
好感度が高いパンツスーツ
窓を背にして脚を揃え
眩しげな目の私に
予想外の言葉を並べる

相手方はあなたの養育に疑問を持っています

引き取ったあとの保育園も探したらしいですよ

ＤＶはいっさいなかったと否定していますね

いまの収入でお子さんとは暮らせないでしょう

父親からの養育費は三、四万が相場ですから

眠れないなら病院で薬をいただいたらどうですか

次回調停までにそろそろ結論を出しましょう

難しい国家試験に合格した
あなたはまだ二十代
肩までのウェーブヘアと

絶妙のナチュラルメイク
眩しい席に座り涼しい顔で
淡々と案件をこなす

お待たせしましたセンセイ
難航してるねえセンセイ
そうなんですよーセンセイ
まあなんだねーセンセイ
そうなんですよーセンセイ

難しい国家試験に合格した
あなたは怖いもの知らず
おどろくほど親しげに
相手方弁護士と
娘の行く末を軽々と話す声が

控え室に響いてくる

京都紀の森南端
センセイたちの家裁村
アンケンの私は眼下の
御手洗川を眺める
流れは絶え
もとの水のまま
淀みのうたかたは
消えず結ばず
久しくとどまる
センセイたちの愛でる川

家庭裁判所の住人　3

元妻が再婚したら
元夫は子どもの養育費を払わなくていい
家庭裁判所裁判官は判決した

産んでいない育てていない養育費を払わない
その人は誰ですか
産んだ女は死ぬまで母だが
産まない育てない食べるための着るための
学ぶための養育費をストップした人を

今後なんて呼べばいいんでしょう

妻が出産すると自動的に父親になれた人は
自動的に父親をやめられる
裁判官チチオヤって何ですか？

やおら席を立ちあがり地団駄を踏み手を振り回し
真っ赤な顔で彼は喚いた

ぼくは知らない知らないもん
そんな難題習ってないそんな難問聞きたくない
ずっと真面目に生きてきた
ぼくは知らない知らないモン

コノヨハフェイク？

半端ない　いかれ具合

エラーボタンが点滅している
青い屋根に
灰色の屋根に
しんと静まる夜の治外法権

手足の筋力は底を尽き
死なない方策だけを考えている
声をあげる気力を失い
死なない努力だけを続けている

腕の中のあたたかな命を守るために
無防備な頭はなすがまま
死にたくても死ぬ自由さえ捨て
子を育てている女が死に瀕している
命を促すミッションを負うオスが
メスを傷つけるいかれ具合

エラーボタンが点滅している

ジンルイのオスは
口説く生業をかなぐり捨て
メスが新しい命を育てているあいだ
ひたすら耕し備蓄に励み
その食物を生殖の取り引きに使い
メスをヨワクしてツヨクなった

目の前のセカイは
上げ底のセカイ
生命を貶めた
貶められたセカイ
メスがオスを選んでいたら
この世にいなかったニンゲンが

コンナニタクサン
ミンナイカレテル

エラーボタンが点滅している
青い都市に
灰色の都市に
しんと静まる夜の治外法権

モノクロの点滅が
いま
見渡す
限りの
空を
覆い
点滅ごと落ちて
子を守る女に

数字組織立ち入り禁止

診察台で機械的に膝が広げられ
カーテンで上半身と下半身が分断されたとき
体内の命はオトコ社会に転がった

陣痛室で浣腸をされトイレまで這い
分娩室で仰向けに固定されたとき
ハハオヤのヒエラルキー最下層が決定した

空から祝福のシャワーを浴びるかわりに

手術用のライトと冷徹な目に見下ろされ
陣痛促進剤が注がれる

一か月　裸にすると手足を動かしますか
三か月　声を掛けると反応しますか
六か月　おもちゃに手を伸ばしますか
九か月　歯が生えましたか
一歳　つたい歩きをしますか
一歳六か月　意味のある言葉を話しますか
二歳　二語文を話しますか

比較と競争と数字と組織が大好きなオトコ社会にようこそようこそ
女はハハオヤのまま正気を失うか
さらにオトコに擬態するかを迫られる

社会に管理されコドモを管理するよう
委託された下層民には
存分に可愛がる権利も自由もなく

ハハオヤのまま正気を失えば
コドモにもフテキゴウの判が捺され

目出度くオトコに擬態すれば
空っぽのヘイタイに育つ

空から一粒の真珠がすべりこんだ瞬間からやり直す
匂いと温もりと目を合わせて会話する女の世界に
比較競争数字組織立ち入り厳禁の札を立てる

診察台と分娩台に満面の侮蔑の笑みを送り

母子手帳を捨て
検診の日は気に入りの水辺に会いに行く

なめらかな肌を呼吸のリズムで撫でながら
即興の歌をプレゼントしよう
とろける美しさの髪の匂いを吸いこむ

奥底から星こぼれる

ひとしきり乳房にむしゃぶりついたあなたは
腕に抱かれ満たされて眠っている
なにも動かない　とうとうなにも見えない白い空間は
ミルク色に満たされた至福のセカイだ　と壁が歌う
なにも動かない　ついに秒針まで止まった透明な空間は
ひかり散りばめられた蜜のセカイだ　と天井が歌う

「よる三時間眠れたらいいよね」
「子どものためなら死ねるよね」立派なサンビカ

「ハハオヤが育てなくてどうする」
「何もかも捨てられるはずだろう」　荘厳なサンビカ

あなたが安らかに眠る温もりは本当の温もりではないの
精神の死と引き換えた恥しらずな嘘っこ
子どもを抱いているのに苦しいのは罪ですか
子どもをあやしながら不幸なのは罪ですか
いずれ大きくなったあなたは
心に落とされた石に気づき嘘を知る
おかあさんは私を産みたくなかったの
おかあさんは私が嫌いなの
信者になり損ねたオンナに下る最大の罰

腕で眠る　まだなにも知らない　あなたを残し　このまま
消えてしまいたい　健やかな　その　表情　だけ　を

記憶して　空の　故郷　に　帰ろう　おかあさん

〝おかあさん〟

あなたの深遠な目は
私の目の奥の奥底に真理を探ろうとする
目の奥の奥底から彼方に空の故郷を見つけたあなたは
奥の奥底から私に目をもどし
無邪気な笑みをたたえた

〝この世に運んでくれてありがとう
　　　　それだけでかんぺき〟

湿った指先が頬を触る
目の奥の奥底から星がこぼれる

その握りしめた手に

鳥たちの会話が聞こえこの世にもどる
清らかな寝顔のあなたはまだ
あの世に住んでいる
つめたい鼻先に鼻をつけ
白い額に手をおくと
瞼が徐々に開き不思議そうに私を見る
微笑みが帰ったらこの世の住人
毛布を巻きつけ汽車になって
楽園までごはんを食べに行こう

精神的肉体的経済的DVオトコがいなくなり
リビングルームは蘇生した

山盛りのごはんと玉子焼き
おみそ汁おいしーだから飲み込まないの
と頬をふくらませたまま
保育園のブレザーを着ようとする
二八万円の軽自動車が二人の全財産
出発しんこーと元気にこぶしを上げる
あなたと一〇分の旅をして
それぞれの世界に向かう

膝が擦り切れてるよ
もっとましな格好して来てよ
よけいなお世話だ

手取り一二万三五〇二円
ＤＶオトコと別れ
ＤＶ社会が身に沁みる
子どもを抱くオットのいない女が
そんなに憎いか消したいほど

おやつ選んでいいよ
やったあ一つだけだね
スーパーの棚で三〇分も迷うあなたは
その記憶を胸に育つ
一年じゅう同じジーンズをはいていた母と
魚のあらがのるテーブルと
おかあさんが倒れたら電話してと
何度も教わった壁の１１９
の文字とともに

握りしめたその手に
そっと秘密の種を忍ばせる
大きくなったあなたは
掌をひらき
ふうっと
息をかけ
その風に乗り
この世に
瑞瑞しい
花びらを
撒く人に
なってほしい

握りしめたその手に

アオちゃん

アオちゃんに会ったのは
冬の入りぐち
友だちが来てるのと
おかあさんに手を引かれて急いだ
おおきな車のそとに
アオちゃんが待ってた

まあるい箱のリボンをほどくと
白くてふわふわのくまさん

アオちゃんはとても優しくて
おかあさんにも優しくて
きのうのわたしより
勇気がわいた

アオちゃんは王子さま
海にも山にもひとっとび
あかいゆかたを着て
セーラームーンを歌ったら
おかあさんはにこにこうれしそう
時間よとまれ

しかくい箱のケーキを持って
アオちゃんは遊びにくる
ぬいぐるみごっこしてくれて

おかあさんはにこにこうれしそう
二番目のオトウサンにする?
おかあさんがきいた

アオちゃんが好き
アオちゃんが大きらい

おかあさんは
わたしのために
オトウサンまでつかまえる
ゆうかんで可愛いセーラー戦士
わたしだけの月野うさぎ
だから
おかあさん
アオちゃんは

ときどき遊びにくる
タキシード仮面の
ままがいいの

ニンゲン嫌いの子育て

あなたには私しかいない
オトウサンがいない
オバアチャンがいない
シンセキのオバチャンも
キンジョのオジチャンも
ダレもいない
オバアチャンに抱かれるコを見ると駆けていって手を伸ばしあっあっとせがむ
私はこころの中で手を合わせ顔を覆い地面にくずおれてあなたに謝る

ニンゲンが嫌い　本当はニンゲンが怖い
だけどオカアサンになった
ニンゲンが怖いオカアサンはあなたが怖い
小さなニンゲンがいつもいつもこんなにそばに

猫に顔を近づけ声をあげて笑う
幼児番組に手をたたき体を揺らす
口いっぱいにトマトを頬ばる
大好きな大好きなおかあしゃん　といってくれる

私はあなたを抱きしめて知らなかった温もりをもらう
あなたを抱きながらあなたに抱かれる私をあなたは食い入るように見つめる
秘密を知りたいと　何でも知りたいと
怖い気持ちに負けないように満面の笑みを返す
見抜いてしまった？

あどけなさの裏に小箱をつくり秘密を詰めこんであなたは私になった

おかあさん

新緑の大木にすっかりおとなになったあなたが立っている
見たことがない色の翼を手品みたいに体からとりだし
ば　さ　り　　風を切った
あなたに去られ空を見上げる私に木洩れ日がおめでとうという

縄文ｌｏｖｅ

集落の真ん中
日よみの庭に立った
おとこは
カモシカの声で呼ぶ
ストライプの
編み衣をまとう
潤んだ目のおとこは
行きたいところはあるか
と問い

手を差しのべる

山をおりる途中
楠の洞に入り
編み衣の裾をあげて
きみの肌に触れた
あわてる姿が
可笑しくて
笑いころげていたら
不安げなきみは
色気たつ眼差しで
わたしの匂いを嗅いだ

海は深くなり
オパール

エメラルド
タンザナイト
水と光が戯れる世界で
首すじを噛んだ
おおきな蟹が
腕を掠めて泳いでいく
合図しあい
素早くターンし
挟みうちにして食べた

松の枝に編み衣が揺れている

波打ち際にいくつも
重なる西の陽は
いのちの区切りと

つながりをおしえる
原初の生きものに還り
区切りと
つながりの際にあそんで
またいのちを贈りだす
あしたも
太陽が真上になる前に
日よみの庭に立ち
あなたを呼んでもいいか
ときみはきく
カモシカの声なら
あえるかもしれない
太陽が真上になる前から
傾くまでのあいだ

縄文ｂｒｅａｔｈ

どんぐりのお団子にあさりと三つ葉のつゆ
鹿のハンバーグには松の実がたくさんはいっている
ごちそうの匂いと母たちの匂いが地炉からまあるいおうちに満ちて
お腹のたましいがいっぱいになる

外にでると西の空はすっかり静まり濃い青と木々の騒めきに包まれる
きょうは面白かった
太陽が傾きかけた波打ち際
母たちに教えてもらったようにおとこを誘った

砂だらけになり
波に洗われ
貝みたいに
ひらひらと
ころがりながら
死の淵に
いるおとこの
顔を眺めた
太陽が
耳元まで
降りてきて
囁きかけた
アナタハ
太陽ニナッタ

ツヨクナッタ

木々の騒めきが激しくなり星が一斉に瞬いてわたしに笑いかける
草のおうちに入り
眠りについて
あの世に
遊ぶ
母の
甘い
香りに
寄りそう

縄文peace

編み衣を翻しイタチを追い込む
俊敏な脚に恋した

落とし穴からイタチを掴みだす
滑らかな腕に恋した

視線に気がついた
あなたの涼しい表情に
ぼくの心は立ち止まるが

メスからオスが生まれた
奇跡のストーリーが
記憶の奥底
から溢れだし
夥しいアニたちが
自然のピースになれと
歌いだす

海に走り
虹色の貝と白い貝を探す
あなたに虹色のブレスレットを
捧げるために
ぼくの腕に白いブレスレットを
飾ろう

葦の戸からでてきたあなたは
きのうと同じ涼しい目をしているが
ぼくの使命は物語のピースを
つなげるためにあなたを笑顔にし
その照り返しを受けとり
また笑顔にすることだ

ふいに駆け出す
横顔に導かれ
全速力で
ついていく
声を出して
笑うあなたは
ぼくを
はじめての森に

案内し
とうとう
切り立った
オパールの淵に
追いつめた
自然のピースになって
果てのない谷を
落ちていくぼくに
あたたかな
太陽の笑顔が
贈られる

vs 暗闇

ベッドの灯りを消すと何者かが布団に入ってくる
カサカサの冷たい足の何者かは無言で腕を伸ばす
何者は長いこと会話していない何者か
ベッドからすり抜けた
何者たちは暗闇に紛れこそこそ活動する
何者たちは女が何であるか知らない
何者たちは自分が何であるか知らない

白いシャツの君が振り向いた

視線をそらせないマジック
渓流の淵に腰をかけ私だけの物語りをする
物語りするくちびるは誘うくちびる
もっと物語りをと君はフリルを揺らして踊る
セーターを脱いだ腕に木漏れ日が遊ぶ
シャツがはだけた君の胸にも
肌の匂いを愛おしむふたりはハプロイド細胞
水を蹴り林を縫いもっと奥まで走ろう
そこは静寂の入り江
柔らかな砂浜のベッドでこの星になる
薄く目をあけ見上げると
太陽がウィンクして
お帰りなさい
といった

ラテンからイエス

君は海を渡ってきたラテンの男
女を楽しませるために体と心を駆使する

楽しんだよ　細胞の一つ一つが笑いあい
襞の襞のすべての襞が多肉植物に変身して
一斉に咲いた

生殖は原色　恋はダンスだ
命を産みだす粘膜と表皮のダンス

おれが死ねばいいんだ　と君はいう
恋イコール生きること　と背中を向け囁く
まだ死んではいけない　あと十回戯れよう

ラテンの君は磔にされるイエスの顔になった
頬に手をやり　老けただろうと訊く
それは私の喜び

生きながら食べよう　おいしい
おれが死ねばいいんだ　という君は
もう死んでいる?
ぜんぶ溶かして私にする

どんどん死にたくなる

歩いて旅していた時代　宿に着かなければ野に休み
夏なら獣に冬なら霜に恐れ　死にたくないと願った

川で洗濯していた時代　体のなかを瀬音が駆け抜け
夏なら歌い冬は指に息をかけ　死にたくないと願った

筆で文字をしたためていた時代　墨の香りは脳幹に届き
夏には涼風を冬には華やぎを運び　死にたくないと願った

鉄の箱に座ったままの姿を　超高速で運んでいく
空気はそよとも動かないのに景色は帯になりどんどん死にたくなる

指さえ濡れないまま　さあ終わったと洗濯機は告げる
家にひとりの寄る辺ない心は追い立てられどんどん死にたくなる

用事があれば　即ラインを送り合う
文字に匂いと体温を探して見つけられずにどんどん死にたくなる

時間が短縮され　もっと短縮され　もっと短縮されて
無になる

利益を求め　もっと求め　もっと求めて　本当に求めているものは
死

長い冬か一瞬の夏を選べ

四歳のときチチオヤに捨てられたという母は
ずっと旅をしている青い鳥探している

旅人の荷物は軽いほうがいい
私という荷物叩くあなたをじっと見ている

アオイトリ探すあなたの男は
アオイトリ探す男

出張先にいるらしいアオイトリモドキ
オヤたちは網を手に駆け回る

少女雑誌を買ってくれるパパだけど知ってる
可愛い人にブローチをあげた

豚の貯金箱を抱え玄関を飛び出す私に
少女漫画の影響ねと嗤う母

半年もテレビは壊れたまま
お金も愛情もない家で育つ私はここ

膿んだ膝に薬をつけてくれる友だちのおかあさん
葡萄棚の下たましいが小さくなる

学校から帰る真空の家
姉は物指しを手に私を追い詰める

襖の隙から物指しで突かれ
手を放す私に襲いかかるアナザーワールド

微量の愛情を奪い合う姉妹
私はいらないよとっくにいらない

アイを勝ち取った姉は鬱病になる
庭の枯れた薔薇ずっと眺めている

病になる権利もないと感じる私は
最強なのか最弱なのか

寝息を立てる猫に顔をうずめて
少しだけいのちをもらう

寂しさの器に手当たりしだいに希望を注ぐ
それしかないからそうしている

器の中はいらないものだらけ
本当は何がほしいのと偽物の私に訊く

耐えた母は不渡り手形で掌返し
寒い夜に家から出るパパは野良猫になる

酒色に溺れすみませんと震える字
そういわれても困るあなたの人生だ

見舞いに行っても無感情だったと思う
私なりにけりをつけて生きた十七年生きた

ハハコの住まいに初夏の風吹き渡る
コイバナも咲く憚ることなく

今日も出掛ける再会を願い
蕎麦屋の行列で一目惚れしたと母

女は七十からよ
むすめの男を浴室に誘うあなたは迷子

おかあさん私の男がおいしいの?
だったらもっと獲ってくるよ

狩人の血は流れてない私には
大切にされ育った人にいつも負ける

京都伊勢丹屋上で遊色降りそそぐ太陽を
眺めていた母の訃報が届く

お金というおっぱいが出る君はおかあさん？
安らいで眠る三歳以来の夜

君と戯れる夏の水際
目の奥に一瞬のシンクロニシティ

一生を一瞬で過ごす秘密の方法は
自然の摂理じゃないこの世のまやかし

まやかしとわかっているのに熱望した
無期の冬という罰が下る

お早うとコートを脱ぐ首すじからいい匂い
裸足に波がよせる常夏の波

特別なクリスマス

ママの黒いコートを掴み
クリスマスの飾りの中を歩いている新宿駅東口
雪が降るといいな
ママとの特別なクリスマスになる

歳末助け合い募金にご協力をお願いします
ご協力をお願いしまあす

高校生が声を張りあげている

ママのコートを摑みながらお祭りみたいな声の中を通る

ママが助けてほしいくらいよ

クリスマスの飾りが色を落とす
私が摑んでいるママのコートはすり切れているから
ママの黒いコートはごわごわでぜんぶすり切れているから

クリスマスの飾りが色を消す
冷たい風が頬を掠めママを連れていく
こころの手がコートから離れる
雪が降ればいい
私の中に生まれた灰色の染みを
まっ白な粉雪で
けして

十月の日曜日

急に涼しくなった朝
テーブルにはパンがあるけど私のだけ残ってる
喉の奥がゼイゼイヒューッていって息ができなくなる
椅子から降りて床にうずくまってゼイゼイヒューッ
ゼイゼイヒューッてどんどん苦しくなるから
このまま死んでしまうのかなと考えながら
ゼイゼイヒューッて見つめている
床が滲んでいく

初めて喘息になった時
ママはあわてて私を抱きかかえ
近くのお医者さんに走った
夜中に苦しくなると
きまってパパがおんぶして
ママはドンドンて
お医者さんの玄関を叩き
診察室には暖かな灯がともり
ガラスの吸入器に細かな
蒸気が生まれフワアと喉に入って
少しずつ呼吸が楽になった

床が見えなくなって
ゼイゼイヒューッて音をさせ
このまま死んでしまうのはなぜと考える

すぐそこにいるママとパパに訊きたいけど
もうこの家では誰も喋らない
ゼイゼイヒューッて
音をさせる私は
消えていく
九歳

白い葉っぱの名前

ビル風が冷たい雨を躍らせ打ちつける
雨が沁みた爪先は凍りついてもう歩けない
気がつけば傘はとっくに手からはなれ飛んでいった
高層ビルの森で立ち尽くしている抜け殻の
私を抜け殻の私は助けられない
サビシサに屈して手放したヤサシサに復讐されている
どこに落としてきたのとこんなところまできてようやく振り返る
荒涼の谷間から微かに子どもの声がする
笑い声が

泣き声が
はしゃぐ声が
嘘をつく声が
嘘の甘えた声が
わかってと叫ぶ声が
静かにすすり泣く声が
帯になり重なり帯になって聞こえる
白い葉っぱが手招きするように高く舞った
爪先がアスファルトからはなれて白い葉を追う
ビルの間を縫って舞う湿った葉を一枚ずつ摑まえ胸に抱く
十歳のとき失った白い葉っぱを
さいごに胸に重ねて
あの庭をさがす
夢中になって遊んだ
時のない庭

水際で引かれる設計図

上の空の目で必死に笑顔をつくり
おむつを替え洗濯をしていた
硬く結んだ口を無理やり笑顔にして
林檎を擂り魚を焼いていた
歪んだ笑顔はいまにも泣きそうで
子どもなんて嫌い
と叫んでいた

テーブルに

グリコのおまけと
不二家パラソルチョコの棒を
ばらばらと広げて
魚釣りゲームをしていたとき
あなたははじめて
陰りのない笑顔を見せた
その笑顔は
まるで太陽だったから
そっと両手に包み
いそいで飲みこんだ
ただ一度の笑顔は
生涯の種火になって
幻の海をなんとか泳いできた

あなたはあなたのままで

いるために私を抱いてくれる
たくさんの手がほしかった
私が私のまま育つように
いつも太陽の笑顔でいたかった
歪んだ笑顔はとうとう
泣き顔になり
そのまま宙
に還った

ハハたちの無念は魂の
故郷で数多の無念と
繋がって鮮緑色に
燃える星になり
日蝕の星と
重なる

いま
水際で
生命の新しい
設計図が引かれた

おきっちゃま　ついてくる

歩いている
黒くてすべすべした道
影がついてくる
お星さまがついてくる
お月さまがついてくる
右ては広い公園
左ては大きなオウチ

歩いている

黒くてすべすべした道
満月のよる
おきっちゃまついてくる
ついてくるって走ったら
おかあさんが笑ってた

耳をすますと
大きなオウチから
いろんな音がする
人の声
お皿の音
お風呂の音
窓の灯りが消えると
道はなんの音もしない
ときどき車がとおる

どうしたの
ちいさな子がこんな時間に
早くオウチに帰りなさい

歩いている
黒くてすべすべした道
オウチには帰れない
オウチにはまだ帰れない
オウチには帰りたくない

おきっちゃま
おきっちゃまのおうちで
おもちを食べたいなあ

お月さまは

耳もとに降りてきて
ひかりの声でないしょ話した
見えるからね
道はつながっているよ
七色の世界に

歩いている
お月さま
ついてくる

あとがき

行きあたりばったりな生き方をしてきて、頼りない存在を支えてくれたのは文字と音楽だった。

過信なのか捨て鉢なのかいい加減な選択の繰り返しで窮地に陥り、求めたのは文字と音楽だった。

二年前、詩を書いてみようと思い立ったのも実は実にいい加減な思いつきだった。

書いてから気がついたのだけど、詩は文字であるとともに音楽だった。

何ていうことだろう。

私は詩を書くのが好きだ。

自分が繰り返した無駄な生き方を棚に上げさせてもらうが、この世は加速度的な形相で無駄なものに席巻されつつある。

無駄な言葉を省く作業は楽しい。

しばらくして気がついた。

辛いじゃないか。

適当に生きるなか、生きてきた諸々にほとんどヴェールなんか掛けてせっかく見えなくしてきたものを詩は露わにする。

深く深く落ち込み、ますます捻くれて世間から離れた。

見えてくるじゃないか。

裸の心が。これまでは曖昧模糊としていてだからこそ無駄なことをしてきたのだ。

詩は良心という名の文学ではないかと思う。


一作目から立ち会っていただき詩集にしようと背中を押し力を貸してくださった中塚鞠子先生に心から感謝を申し上げたい。

思潮社の遠藤みどりさんの詩への深い想いに支えられた見事な手綱さばきにあらためてお礼を申し上げる。

二〇一七年四月

甘里君香

甘里君香（あまり・きみか）

一九五八年埼玉県川口市に生まれ二歳から東京都中野区に育つ。
三〇代のとき京都市に転居。
著書に『京都スタイル』『イケズな京都』など。
日本エッセイスト・クラブ会員。

現住所　〒六一一―〇〇〇二　京都府宇治市木幡南山一三―一〇三

ロンリーアマテラス

著者
甘里君香《あまりきみか》
発行者
小田久郎
発行所
株式会社思潮社
〒一六二—〇八四二　東京都新宿区市谷砂土原町三—十五
電話〇三（三二六七）八一五三（営業）・八一四一（編集）
ＦＡＸ〇三（三二六七）八一四二
印刷・製本所
三報社印刷株式会社
発行日
二〇一七年四月三十日